大人都忘了……
那些简单却重要的小事

「我看见 我知道 我思考」

[日] 中岛芭旺 著
陈舒婷 译

江苏凤凰文艺出版社
JIANGSU PHOENIX LITERATURE AND ART PUBLISHING, LTD

まえがき

この本は、僕です。

子供は子供ではない。
子供は大人ではない。

汚れのない眼鏡を持ち
世界を知りたいという
好奇心をむねに
考える頭を持つ

小さなからだの哲学者です。

中島芭旺

这本书

就是我。
孩子不是孩子，
孩子也不是大人。

孩子是戴着干净的眼镜，
怀着一颗想了解世界的好奇心，
用脑袋思考，

身体小小的哲学家。

中岛芭旺

1

从来没有人告诉我“不可以哭”

他们告诉我的是——

想哭就哭吧，

因为难过的心情会被眼泪冲走。

2

小时候，妈妈帮我洗澡的时候，
她告诉我，要懂得感恩。

感谢头顶上的头发保护我的脑袋，
感谢左手和右手，帮我拿我想拿的东西，
感谢左脚和右脚，让我去我想去的地方，
然后，感谢心脏一直跳动着，没有休息。

虽然平时不会注意到，

但都是靠着心脏不休息一直跳动着，我才能活着。

现在，我一定会在自己洗澡的时候，

跟自己说一声“谢谢”。

3

我觉得好难过。

虽然不开心的事情只有一件，
但那种难过的心情就像是一台转换机，
让所有的意义都不一样了。

使用对自己好的转换机，
世界就会改变。

4

我最大的优点，

就是知道自己一个人的话什么事情都做不了。

我知道这一点，

所以我会向别人请求帮助。

5

我希望能够幸福，

这就表示有一个觉得不幸福的自己存在着，

当我察觉到这一点的时候，

才知道，想要幸福的愿望从我出生时就实现了。

我觉得大家的心里

都有一片魔法的沙滩。

6

“你想做什么就做什么。”

那么，不让我玩游戏又是怎么回事？

“你可以自己选择哦。”

那不能玩游戏是为什么？

“你喜欢做什么都可以。”

但是，为什么又说“要按照妈妈喜欢的方式去做哦”？

能不能多信任小孩子一点儿？

明明是自己的孩子啊！

7

以前，朋友说我是“马鹿”[1]的时候，我很难过。

姐姐说：“你知道‘马鹿’这个词怎么写吗？”

就是“马”和“鹿”哦。

但是你根本不知道“马鹿”是什么意思吧？

既然不知道意思，

那这个词就没有意义吧，她说。

1. 日文意为“笨蛋”，汉字为“马鹿”

“马鹿”这个词，

没有好的意思，

也没有坏的意思，

根本没有意义。

让词语变得有意义的人是自己。

8

我觉得烦恼是别人的宝物，

不能抢走别人的宝物。

那是因为在现实生活中，对别人有必要才会发生的事。

9

我希望有人关心我，所以哭泣。
但是，我又在自己的周围建起了围墙，
因为我希望爸爸妈妈翻越围墙进来。

可是，我却说“不要过来。”
因为我觉得，要是说出想让他们过来，
他们反而不会来了。

但是，他们真的来到了围墙边，
扔掉了那种自尊，就有人关心我了。

围墙的另一边有跟自己说话的人，

那些人虽然不会翻进围墙，

但是会在那边跟我说话，

爸爸妈妈都会呼唤我，

有他们在，真开心啊。

“人之所以哭，是因为需要关心。”

10

世界对有勇气的人很好，

有勇气的人的世界很广阔。

11

老师说，

要是抱着“大家鼓掌我才鼓掌”的想法，

就不会有人鼓掌了。

要是不自己鼓起勇气鼓掌，

那就不会有人鼓掌。

12

事情没有重量，

是人自己觉得“沉重”，

仅此而已！

13

妈妈告诉我：

就算走错路也可以回头，

只要找寻新的路就好了，

而且这是很简单的事情，

只要发现自己走错路就好了。

即使是走错的路，

也可以享受过程。

这是在第一次去一个地方走错路时，

妈妈告诉我的。

14

我觉得不去上学也是一种才能，

就是能够“决定”不去上学的才能，

能够相信自己的才能。

15

世界是自己创造出来的，

只要能露出一次笑容，就可以永远持续下去，

只需要察觉到这是自己创造的就好。

16

不知道该怎么办的意思，

就是怎么办都好。

17

考虑该不该做一件事的时候，

说不定就是不该做的时候，

在考虑的瞬间，

一切都可能变得不一样了，

所以，我觉得那时候想怎么样就怎么样。

总之，不想做的事就不做，

想做的事就去做，

仅此而已。

18

先信任别人，

然后就可以成为别人信任的人，

慢慢地，就真的成了别人可以信任的人。

19

没有一定做不到的事，

只做一次，就说绝对做不到，我觉得很奇怪，

连一次都没有做，就说绝对做不到，那更加奇怪。

不断挑战，还是不行的话，那就继续努力，

这样一直重复，总有一天可以办得到。

在成功之前一直努力，

直到成功为止。

20

其实，重要的事情，小孩也明白的。

出生的时候，就知道自己什么时候不高兴，
一定是因为不高兴才哭的。
然后不知道什么时候变成了好孩子，
搞不清楚自己喜欢什么、讨厌什么了，
开始变得就像机器人那样说话了。

21

我想知道不吃饭会怎样，所以决定试一下。

早上起床的瞬间，就想哭了，

然后我就哭了。

两脚发抖，双手无力，

试过后马上知道不吃饭是不行的！

现在在吃寿喜烧，心情真好哦。

这件事一点都不好笑！

22

我虽然很有自信，但还是喜欢妈妈握着我的手。

妈妈要是生我的气，我就好像掉进地狱一样，

感觉人生瞬间就结束了，

好像被人泼了水的贵宾犬一样。

所以，我希望妈妈一直都有笑容。

23

我的地狱底层，是到处黑漆漆、有点恐怖的世界，

躲在房间里，裹着被子蜷缩在角落里，
其实是自己没办法站起来，等着人来帮忙。

24

我在这里，

光是这样就很幸福。

能把事情交给别人做的人，

好厉害。

我光是自己能活着，

就已经很满足了。

25

有人问我，将来想做什么。

我回答：“我想做我自己。”

我觉得世界上的每个人都做自己，

这才是正确的。

我们生活在不正确的世界，

连做自己喜欢的事都需要勇气。

重视自己的直觉，

对自己要诚实，

有勇气去做自己喜欢的事情。

チャンスをつかもう

ぱ

把握机会吧！

26

我正在沉迷于某件事，

然后，我就想，沉迷有什么意义？

想过之后，我发现没有意义，

甚至觉得做这件事有必要吗？

只是，不需要有意义。

没有意义的沉迷，才是沉迷。

27

我去了冈本太郎[1]纪念馆，

那里有很多我喜欢的词句，

我选择的是 ——

“要是不想去做的话，就做不成。”

于是，我决定全部“要做”。

1. 冈本太郎 (1911 年—1996 年) 是一位在日本极负盛名的艺术家。一生中遗留下来的作品涉及到油画、版画、雕塑、陶艺、摄影、著作等多个领域，被称为日本的“毕加索”。为了纪念他在艺术上所作出的贡献，1998 年在其家乡神奈川县川崎市，为他建造了一座冈本太郎纪念馆。

28

羡慕可以变成尊敬，
也可以变成嫉妒。

如果是尊敬，那个人会成为自己的榜样，
把自己本来没有的东西变成自己的，

如果是嫉妒，自己没有的东西还是没有，
就算嫉妒也得不到。

29

一件事只要做了一千次，

就算是小事，也会很感动。

游戏是我的老师，

教了我，

学校老师不会教的事情。

30

我的自信是没有根据的自信。

有根据的自信，

要是没了根据，

自信也就没了。

31

我喜欢哆啦 A 梦。

因为老是被欺侮的大雄，

最后都有哆啦 A 梦来救他。

圆满大结局。

32

我最近，

觉得自己选了这样的爸爸妈妈，

真是太厉害了，

太幸运了！

我想了很久，嗯，一点儿也没错。

33

我看着自己的时候，

都会觉得“我好踐啊”，

会欺负人的孩子大概都想欺负我吧，

是我让别人变成了欺负人的孩子，

“制造”出“加害者”的人是我。

34

夜晚，月亮是主角，带给我们光芒，
白天，太阳是主角，带给我们光芒，
两个都是主角。

35

叫我不要任性，

就像是让我变成别人一样，

和别人一样，那就不是我自己了，

在变成别人的情况下长大，会怎么样？

世界上的各位，

最好早点发现这一点哦。

36

要相信。

相信的话，

就会变成现实。

37

“小孩要听大人的话”，

有家长说这样的话让我很吃惊，

有老师说这样的话让我很吃惊，

明明大家都是人。

空気をよむ
ひつよう
はない

ば

用不着
察言观色。

38

因为想让小孩做某件事，

所以就说：

“你能做的只有这个，那你就做这个好啦。”

这样小孩就会真的相信，

“你能做的只有这个了”。

小孩会这样觉得。

“好厉害！”如果有人这么夸你，

“没有啦，没有啦。”虽然这是爸妈说的客套话，

但是小孩会把爸妈的话当真的。

多发掘小孩的优点，

多说“我家的孩子很厉害”，

我觉得小孩听了这种话，

真的会变成这样的孩子。

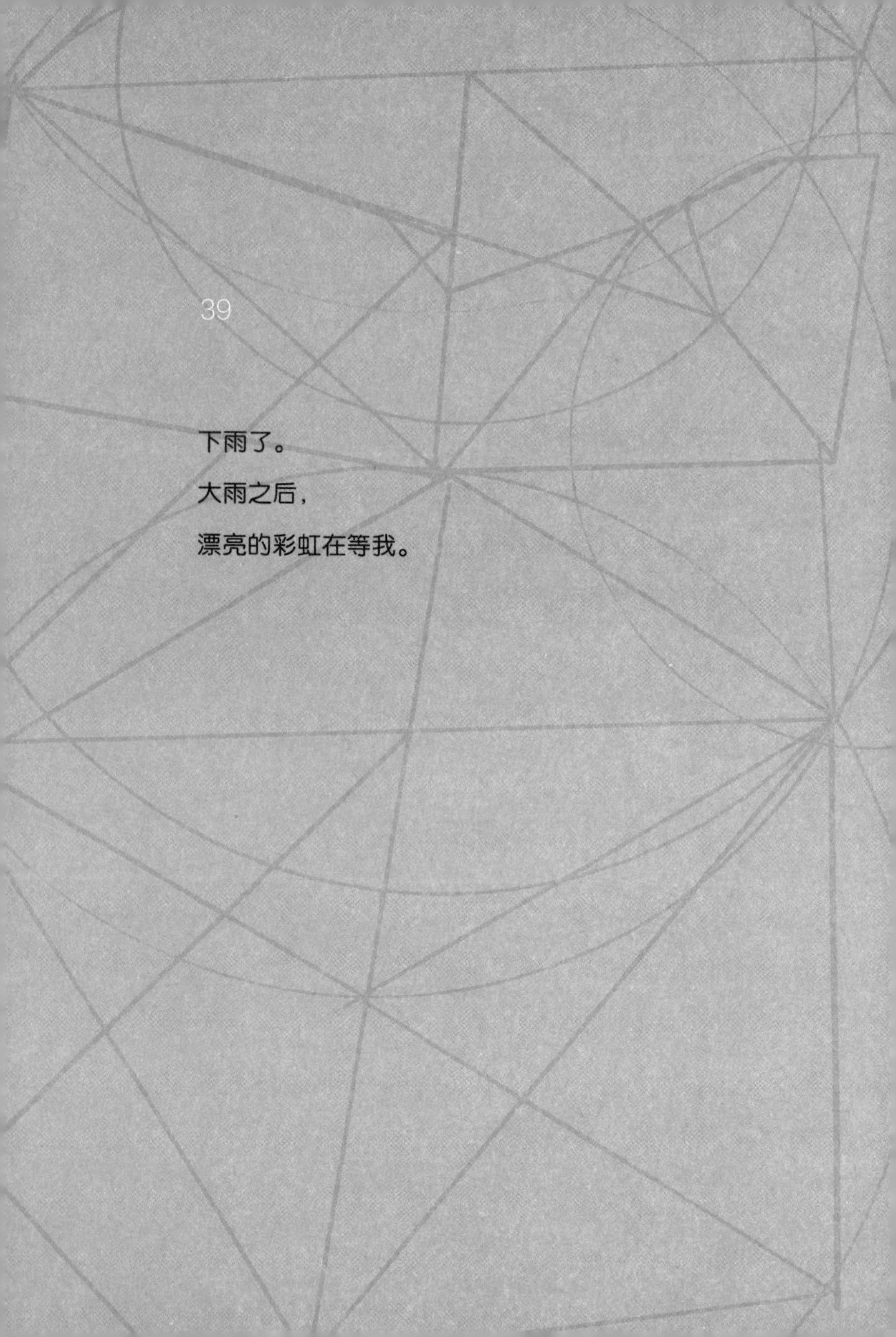

39

下雨了。

大雨之后，

漂亮的彩虹在等我。

40

虽然站在同样的地方，
只要看向不一样的方向，
就能看见不同的风景。

41

其实机会无处不在，
到处都有机会，
只需要决定去做而已。

只要把握住一个机会，
后面就会有很多机会，
世界也就变得宽广了。

许多之前不知道的事情，
现在都知道了。

其中包括自己要怎样生存下去，

要怎样和别人一起生活下去，

令人兴奋的旅程才刚刚开始。

除非自己放弃，

否则这旅程是不会自己结束的。

42

上小学的时候，
起床、吃早餐、去上学、
跟大家玩、
跟大家吵架，
那是理所当然的事情。

三年级的 9 月，
我转学到东京的小学，
我选择不去上学。

偶尔想起以前的同学，
他们在做什么呢？

每次想起来，就觉得好寂寞，

我还想跟他们一起玩。

但不知从什么时候开始，

因为想起来觉得寂寞，

我就不去想了。

有时候回忆满溢出来，

心里好难过，

好想念大家，

然后就寂寞地哭了，

我因为想见大家而哭了。

想到可能再也见不到面了，

就忍不住好难过。

虽然见不到，

但心里觉得大家都在附近，

也在呼唤着我。

虽然离得远，心的距离却像是在隔壁一样，

我不是一个人，

大家都很宝贝我，

很多事情靠的太近反而看不见。

虽然在远方，但是却很近的人，

我不是独自一人。

43

死亡是什么?

喜欢的人死掉是怎么回事呢?

自己没有经历过的事情就不会明白。

从今以后我会有怎么样的遭遇?

死亡这种事,

不是能体验之后再告诉别人的,

这是人类的谜团。

也有人相信有死后的世界,

但那只是别人这么说。

我没办法知道自己死后会是怎样。

44

好踟的小孩，

换句话说，

就是直率的小孩，

我是直率的小孩。

45

不知道的事情太多了，
地球上有很多事情，
多得数也数不清，
所以我很无知。

我很无知，
因为我很无知，
所以我可以发现很多事情，
因为我很无知，
所以我可以跟别人一起发挥各自的能力，
无知是最强大的武器。

无知这件事，

也就等于知道，

等于能有所发现。

不知道，

就是幸福。

46

能够生为妈妈的小孩，

是我最厉害的能力。

47

幼儿园的时候，

我的朋友搬到了北海道，

那时候，我看的地图是很小的地图。

上了小学，我开始学面积单位，

才知道北海道在很远的地方。

这时候我才发现我们见面没有那么容易，

我觉得好难过。

48

二年级结束的那天，我跟大家告别，

在那之前，我说了我要转学，

但是大家都不相信，

现在不得不信了。

我说："谢谢大家一直以来的照顾。"

然后，在大家面前哭了。

回家的时候，也是跟平常一样，

同样的伙伴，同样的路，

那个时候我心想一切都跟平时一样，，

那么，明天还能见面吧。

一想起从前，就想要见面，
不管什么时候，想起来都想要见面。

其实在分别的那个时候，
感受一下当下的心情就好了。

那时候高兴的心情，
那时候悲伤的心情，
那时候难过的心情，
都应该在那时候感受。

现在要活在当下。

49

现在，

只存在于现在；

现在，

这么说的时候已经过去了。

过去之后，

那就是那个时候的现在。

仅此而已。

50

周围的明亮和人心是联系在一起的，

周围的景色和人心也是联系在一起的，

所以，即便是不存在的东西也可以看见。

这种力量，

就是发挥想象力。

这样的话，无论何时，

都能去想去的地方，看见想见的东西。

51

我想回忆起前世的记忆，

前世是什么样的呢？

52

世界由我不知道的事物组成的。

我不知道宇宙是怎样形成的，
宇宙大爆炸是怎么证明出来的，
太阳是怎么存在的，
宇宙是什么形状的。
为什么有月亮？
为什么人会说话？
为什么人会阅读文字？
为什么有字母？
为什么能知道是什么意思？

为什么啊?

为什么啊?

53

世界是

由某人的想法创造的，

也就是说，

谁都可以去做这件事。

54

果然我能做的事情，

就是做我自己。

这是只有我才能办到的事情，

然后一心一意去做。

我没有办法变成别人，

别人也没办法变成我。

55

空气，

理所当然存在的东西。

人活下去就必须要有空气。

但是，

因为存在太理所当然了，

反而很少被人注意到。

我偶尔想起，

就对空气充满感谢。

谢谢。

想起重要的事物就在自己身边，

尽管是眼睛看不见的。

对自己而言最重要的是自己，

然而自己看不见，

能看见的是，

镜子里的自己，

以及对方眼里的自己。

56

只需要注意到，
只是活着就很棒了，
只是能呼吸就很棒了，
只是出生在这个世界就很棒了。

注意到这些之后，
就觉得以前一直寻找不存在的东西，
简直像是傻瓜一般了。

与其为了寻找不存在的东西活下去，
不如感谢存在的东西而活下去。

有手、

有脚、

关节能活动，

一切都是理所当然的，

但也不是理所当然的。

57

在各种感情中，

我最重视的是

勇气。

58

只要自己还记得那个人，

他就在你身边，

即使是分开，

也像没有分开一样。

即使有物理上的距离，

精神上是没有距离的。

59

走路的时候看到的东西，
会在脑子里自由变换。
因为我有打电动的脑子，
我觉得可能就是这样吧。

只是走路也很有趣，
只是走路就很兴奋。

在此之前一直觉得打电动的脑子不好，

但我觉得不是这样，

打电动的脑子里有一个花园。

60

我思考着生存的意义，

在此之前我一直在想以后的事情，

觉得很难受，

所以向妈妈求救。

现在我知道了。

与其想以后的事情，

现在更重要。

享受现在。

不要去想不可能知道的未来的事情，

享受现在，

活在现在。

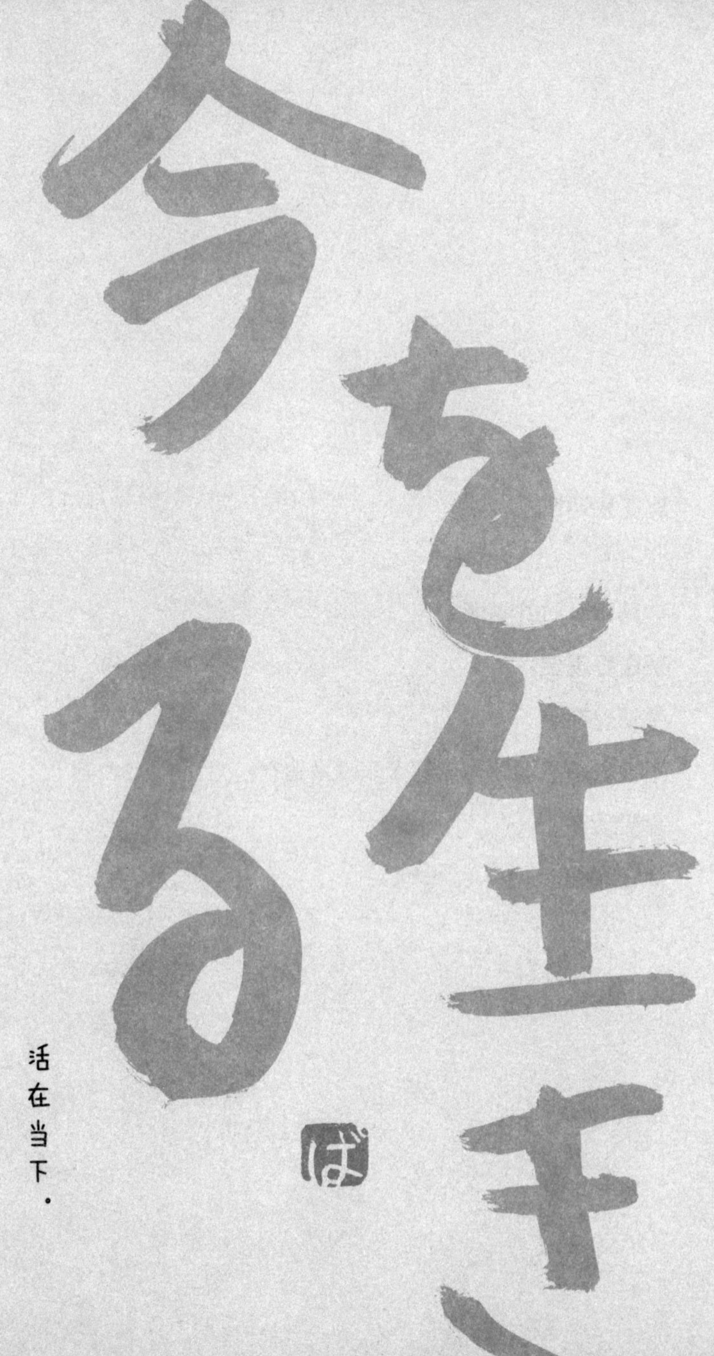
今を生きる
ぱ
活在当下。

61

帮助别人。

能帮到上忙就很高兴，

这是自我满足。

自我满足很好啊。

62

我是为了做只有我才能做到的事情，

才出生在这个世界的。

我是一个小孩，可能因此会被人质疑吧，

但是，我要做只有我才能做的事情。

63

烦恼，

告诉我们并不是一直在烦恼；

讨厌，

告诉我们并不是一直都有讨厌的事情；

焦虑，

告诉我们并不是一直都有焦虑的事情。

64

睡觉的时候，

身体一直在替我工作。

我在睡觉的时候，

意识依然在工作，潜意识让我做梦，

心脏在不停歇地跳动，

肺部也在继续呼吸，

我的身体真的好勤劳。

65

我想对

被欺侮时的自己说：

你没有错，

不用去死，

不用管别人。

66

只要跟别人比较，

就会出现高低上下。

就算我处于高处，我也不要，

处于低处，更加不要，

不平等的我都不要。

67

每当我被欺侮时，我就会生气。

我以为生气是因为那些欺侮我的人，

但其实不是。

我虽然被欺侮了，

却没有告诉任何人。

不管是谁，

就连我自己都不相信我被欺侮了，

所以我没办法跟任何人说。

我是在生自己的气。

我心想："不要这样了。"

"不要这样了"是对我自己说的。

不要一直再这样下去了。

只重视自己的心声，

讨厌的事情就会消失。

自己来守护自己。

倾听自己的声音，就能守护自己。

68

做任何事，

不付出真心就没有意义，

如果没有真心，

那说什么都没有意义。

如果有真心，

那想说的意思就能传达出来，

带着真心说出想说的话，

我想，这样大家就信任你了。

69

我觉得很棒的大人，都按照自己的意愿活着，

就像小孩一样地活着。

讨厌的事情就像耍赖一样说讨厌，

高兴的时候就像小孩一样高兴。

这样说来，我只要维持原样就好，

讨厌的事情就说讨厌，

高兴的时候就像一个孩子。

70

首先要宝贝自己，

然后才有以后。

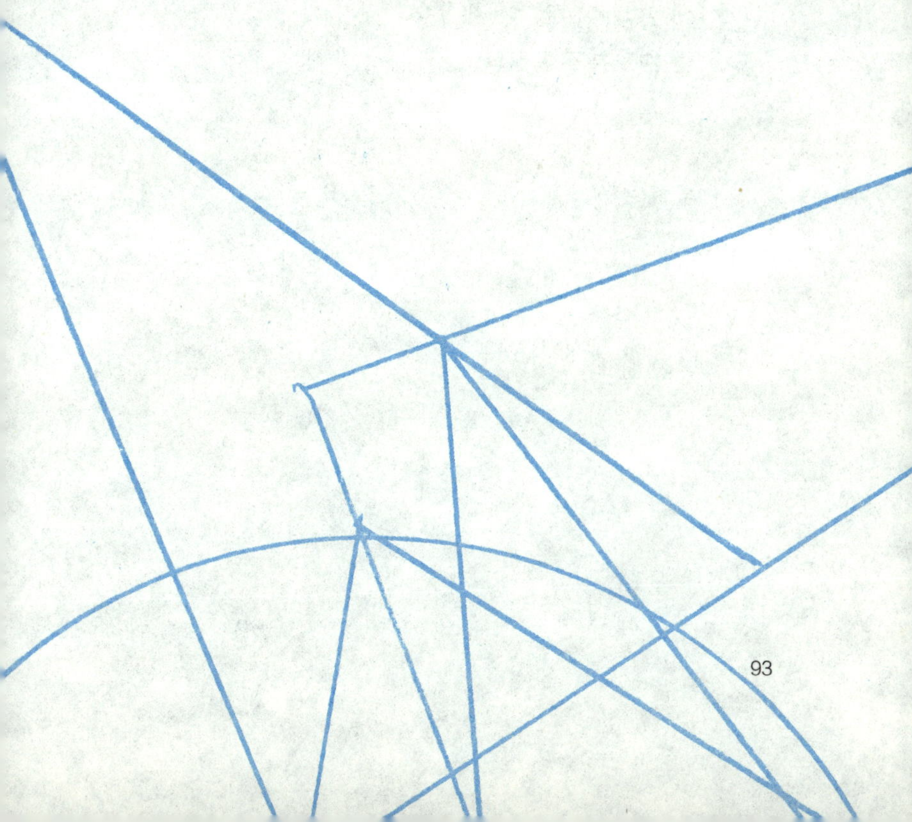

71

“害怕”就是因为想去做。

不想做的话就会说“不想做”，
“害怕”并不是不想做。

72

除了让自己高兴地生活之外，

没有其他重要的事情了。

自己开心就好，

其他都没有必要。

73

心脏，

一直跟我这个“黑心企业”在一起，

最快也要 80 年还是 90 年后才能休假。

我睡觉的时候，

心脏也接受大脑这个“董事长”的指示，

就连大脑在休息的时候，

心脏也不休息，持续工作，

心脏，谢谢你。

74

只要人往前走，

就会有路吧。

在没有路的地方前进，

只要前进就会有路吧。

我自己的路，

我走的路。

75

人类是“接受”了动物和植物的生命才活下去的，

既然讨厌它们，还吃的话就太残酷了。

讨厌就不要吃。

挑食，真过分啊。

吃是接受生命，

要充满感激地接受。

76

体验“没有”的话，
就会感激很平常的事物，
体验过没办法吃饭，
没有人做饭给你吃，
就会感激能吃得下饭菜，
感激有人能做饭给你吃。

77

自己心中的宇宙

是可以替换的。

宇宙的前提是可以改变的，

宇宙的前提是创造了世界，

自己的世界可以改变，

世界是自己创造的。

“我是这么想的。”

这就是“我”的“全部”，

因为我的世界是“我自己”创造的。

“我是这么想的”

就凭这句话去创造世界。

78

人生的挫折就是为了让你知道，

你自己就是你的神。

一切的不顺都是因为自己不像是自己，

如果以自己的方式活下去，

我觉得就不会有什么不顺利。

79

我是这么想的：

小孩出生时的宇宙是无限的。

然而不知从何时起，

小孩就被关进了小小的宇宙里。

将小孩关进去的人是父母，

是父母和学校。

那个宇宙变得宽广的时候，

就是父母的宇宙变得宽广的时候，

还有就是自己决定要变得宽广的时候。

哪怕其中一种也好，

但如果父母的宇宙变得宽广的话，

对小孩来说，这会比较轻松，

就像我现在这样，又愉快又轻松。

80

妈妈最近发高烧躺在床上，

我不知能帮妈妈做什么，

很不甘心。

但是我希望妈妈至少要吃点东西，

于是我将零食放在妈妈伸手能够得着的地方，

但是妈妈却没有吃。

第二天晚上，我很担心妈妈，

然后妈妈就起床了，

她削了苹果，然后做了苹果泥吃了，

“妈妈终于吃东西了！”我心想。

这是在那时候，我最希望妈妈做的事情。

我觉得好高兴啊。

我明白了

妈妈总是对我说，

“只要活着就好”是什么意思了。

早上起来的时候，妈妈退烧了，

发烧躺在床上的时候，妈妈的笑容没有了，

现在妈妈又面带笑容了。

我很高兴。

我终于明白了。

今年我收到的圣诞礼物
是妈妈对我的微笑。

重要的人活着，并对自己微笑就好。
我终于明白了。

81

我总是只有今天，

我总是只有现在。

82

我十岁，

以后我还可以失败很多次。

83

虽然自己还没有察觉到，

但还是明白自己的未来的，

我相信直觉。

じぶんをみとめよう

认可自己吧！

84

不想去上学但必须要去的时候，

我虽然活着，但其实已经死了。

一直不跟随自己的心声，

我把自己杀死了。

我想对那时候的自己说：

让自己活过来，

我可以的，

未来的我，活过来了哟。

85

老师教的不是自己得来的经验，

而是他们听说的事情和课本上的东西，

所以搞不好那些东西不一定是事实。

而我想学习事实。

86

大人们会慢慢变老，

而我们会

创造出大人们

想象不到的未来。

我的理想是，

大人可以跟小孩一起创造出什么东西来。

87

我可以自己用钱。

我把钱带到好玩的地方，
我带着愉快的心情，
带着感谢的心情，
对钱说“一路顺风”，然后将钱送出去。

钱和我，都开心地玩耍去了。

88

在别人看来，自己是多数人中的一部分，

在别人看来，自己是独一无二、最重要的人，

在自己看来，自己只有一个人，

最重要最宝贝的人。

89

铅笔削一削就会变得尖锐，

展现本来的个性不是很好吗？

把尖锐的地方磨掉，变回原来的样子，

这是要干什么呢？

如果没有尖锐的地方，

人就和机器就没有区别了。

把尖锐的地方集中在能发挥所长之处，

活用自己的才能。

90

妈妈是妈妈真是太好了。

妈妈每天煮饭做菜，
不只是为了我，也为了她自己，
这让我觉得轻松自由。

妈妈是为了自己而活下去，
所以我也是为了自己而活下去。

我不是因为妈妈是妈妈而喜欢她，
我是喜欢这个叫做“岩切弥生”[1]的人。

---

1. 中岛芭旺的妈妈。

因为喜欢这个人，

我才出生成为妈妈的儿子。

91

语言就是世界，

自己就是世界。

92

我安身立命的地方就是我自己。

芭旺

后记

一开始，

我只是想写一本书送给烦恼的自己。

九岁开始，我写了一年半，

结果，这本书就变成了送给未来的自己的礼物。

写书这件事就是了解自己、审视自己，

了解自己的想法，为什么会有这样的想法。

如果我没有遇到我所遇见的那些人，
我就写不出这本书。

我想要像写书那样认真地对待自己的心情，
于是，抱着这种想法，我写了这本书。

谢谢大家看我的书。

中岛芭旺

出版芭旺同学这本书的理由

“您好，我今年九岁。我没有去上学而是在家自学。我去找我喜欢的人，让喜欢的人教我！我学习我想学的东西，优先学习我感兴趣的东西。我是东京大学优秀人才培养计划中的一名自学者。我父母离过两次婚，我跟妈妈分开四个月，在这期间我变成了一个没用的、只想去死的小孩。但是我改变了生活方式，现在的我乐观而自信。我想把我的经历写成书，您愿意听我说吗？（090-xxxxxxxx 这是我妈妈的电话号码）”。

2014 年 11 月 29 日，我的脸书账号突然收到了这样的信息。“到底是什么样的人呢？真的是只有九岁吗？”

我带着这样的疑问上网搜索中岛芭旺的名字，并看到了他的照片。我给他回复了信息，并在次日打通他妈妈的电话。他妈妈说：“很抱歉，我儿子擅自给您发了信息。我也是看到信息，才知道儿子跟出版社联系了。”

几天后，中岛芭旺和他妈妈一起来了，他说："我想写书。"但他却不肯看着我。我说："那随便写点什么都行，写好之后发信息给我吧。"那个时候，我并不认为他真的可以出一本书。

但在那之后，我跟芭旺互传信息，这才确定，芭旺同学的字句的确有出书的价值。如果一定要说原因，那就是因为他的文字常常让我惊叹不止。

这本书全部是他自己写的，我只是改错字、加标点、更改换行之类而已，除此之外，我作为编辑并未做出任何修改。
要知道，平常成年人提交的稿件我都是从头改到尾的。我希望这本书能够跨越世代，能被广大的读者阅读。

sunmark 出版社总编
高桥朋宏

图书在版编目（CIP）数据

我看见　我知道　我思考 /（日）中岛芭旺著 ；陈舒婷译. -- 南京 ：江苏凤凰文艺出版社，2018.6

ISBN 978-7-5594-2056-5

Ⅰ. ①我… Ⅱ. ①中… ②陈… Ⅲ. ①随笔－作品集－日本－现代 Ⅳ. ①I313.65

中国版本图书馆CIP数据核字(2018)第094301号

江苏省版权局著作权合同登记：图字10-2018-149号

书　名	我看见　我知道　我思考
著　者	[日] 中岛芭旺
译　者	陈舒婷
责任编辑	孙金荣
特约编辑	陈　景
项目策划	陈　景
封面设计	毛欣明
内文设计	毛欣明
出版发行	江苏凤凰文艺出版社
出版社地址	南京市中央路165号，邮编：210009
出版社网址	http://www.jswenyi.com
印　刷	山东临沂新华印刷物流集团有限责任公司
开　本	787mm×1092mm　1/32
印　张	4
字　数	64千字
版　次	2018年6月第1版　2024年4月第2次印刷
标准书号	ISBN　978-7-5594-2056-5
定　价	39.80元

（江苏凤凰文艺版图书凡印刷、装订错误可随时向承印厂调换）